KB132324

작은 신
김개미 시집

문학동네시인선 190 김개미

작은 신

시인의 말

매일 아침
절벽 아래 떨어진
참혹한 인간을 발견한다
아무것도 기억하지 못하는
아무것도 아닌 인간
제로의 인간
내 얼굴을 한 물거품의 인간
기다림은 그의 전문이 아니지만
그가 할 일은 그것뿐이다

2023년 3월
김개미

차례

2부 모래 옆에 모래 모래 옆에 모래

3부 사랑 고백이 그렇게 시시한 거였나

4부 슬픔은 걱정보다 잔잔해서

1부

화장실은 몰라도 해당화는 있어야지

민들레

사람들은 내게
듣고 싶은 말이 있어서 오는 게 아니에요
하고 싶은 말이 있어서 와요
하고 싶은 말을 다 하면
그들은 떠나요
나를 찾지 못한 사람은
민들레를 찾아가지요

들판의 트레일러

　당신이 들판에 살면 어떨까 생각하곤 해. 나는 치맛자락을 부풀리며 들판을 가지게 되겠지. 풀이 마르는 냄새가 옷과 피부와 머리카락에 스밀 거야. 당신과 내가 어렸을 때 좋아하던 냄새야. 당신은 트레일러에서 빛을 끄고 녹슬어가다 하루에 한 번씩 새로운 연장으로 태어날 거야. 당신은 끽끽거리는 트레일러를 흔들며 요리를 하고 고장난 줄도 모르는 나를 오전 내내 수리해. 나는 차돌 같은 당신의 희고 큰 치아 밑에서 펴지고 잘리고 조여지면서 점점 쓸모 있어져. 당신이 들판에 살면 어떨까 생각하곤 해. 독초와 뱀과 바위가 많았으면 해. 입에 담을 수 없는 끔찍한 사건이 있었던 곳도 좋아. 그런 곳일수록 진귀한 풀과 나무와 꽃이 가득하니까. 당신은 사람을 좋아하지 않았으면 해. 사람 좋아하는 사람은 사람 좋아하다가 진짜 좋아하는 사람을 망쳐버리기 일쑤니까. 나는 매일 저녁 심장을 갈가리 찢는 노을을 구경하고 밤이면 부엉이 눈 밑에서 당신을 소재로 시를 쓸 거야. 어느 날 혼자 보는 별이 더 아름답다 생각되면 내 부츠를 풀밭에 던져. 돌이 별이 될 만큼 멀리 떠나가줄게.

파랑의 감각

파란색이 차갑다 생각하지 않아요
드높은 가을 하늘을 보고
차갑다 생각한 적 없어요
어려서 그렇게 배웠다고
커서도 그렇게 생각할 필요는 없어요
다른 사람에게 들은 말은
내 생각이 아니죠
골목 깊은 곳의 파란 대문은
동네에서 제일 예쁜 파란색
파란 나라 파란 몸 스머프는
내가 제일 아끼는 파란색
파란색은 백 가지도 천 가지도 넘어요
어떤 파란색은 꿈속에만 있고
어떤 파란색은 어떤 사람에게만 있고
어떤 파란색은 저녁에만 있어요
아직 아무도 본 적 없는 파란색도 있어요
얼마나 많은 파란색이 발견될지
누가 발견할지 나는 너무 궁금해요
물감 뚜껑을 닫는 순간
나와 당신의 파란색은
더이상 같은 색이 아니죠
나는 내 마음속의 파란색을
당신은 당신 마음속의 파란색을 볼 뿐이죠

화가들은 자신만의 파란색을 가지려고
일평생 색깔 속으로 떠나죠
노랑에서도 빨강에서도 초록에서도
파란색을 가지고 나오죠
내게 파란색을 좋아하냐고 묻지 마세요
나는 어쩔 줄 모른답니다

나의 천사

어느 날 나의 집에 천사가 왔습니다
천사는 약하고 아파서
내가 천사가 되어주어야 하는 천사였습니다
나는 살을 떼어 먹이고
관절과 눈물을 바쳤습니다
천사는 뛰지 못했지만 뛰고 싶어해서
나는 천사를 업고 산을 뛰어올랐습니다
천사가 친구를 원해서
나는 사람들의 발아래 머리를 조아렸습니다
천사를 천사처럼 입히고 꾸미는 일로
나는 매일 행복하고 피곤하고 바빴습니다
나약하지만, 천사가 등에 날개를 가졌다는 사실을
나는 잊은 적이 없습니다
날개를 부러뜨려서
천사를 영원히 나의 집에 머물게 할 수 있었으나
나는 천사가 절망하는 모습을 보고 싶지 않았습니다
나는 알고 있었습니다
내가 잠든 새벽 천사가 날개를 펴본다는 것을요
잠시 창밖으로 날아갔다 온다는 것을요
천사가 나와 나의 집을 떠나는 날은
오늘일 수도 내일일 수도 있었습니다
병이 낫고 광휘에 둘러싸인 천사에게
가진 것 없고 초라한 천사는 필요 없으니까요

천사는 내가 깊이 사랑해서
내게 깊이 상처 낼 수 있는 발톱을 가지고 있었습니다
발톱을 들키자
천사는 몹시 부끄러워하며
나와 나의 집을 떠났습니다
나는 천사의 뒷모습을 보았습니다
천사의 뒷모습은 온통
피 묻은 낚싯바늘 같은 발톱이었습니다

눈 오는 날의 신

야, 눈 온다!

나에겐
눈을 타고 찾아오시는 신이 있어서
이렇게 눈이 오는 날은 그분의 말씀을 듣는답니다

신의 탄성은 내 마음속의 말처럼 여리고 작지만
신이 눈을 맞고 싶어하시므로
나는 신을 모시고 밖으로 뛰어나갑니다

신이 눈을 밟고 싶어하셔서
나는 아무도 밟지 않은 눈을 찾아
숲으로 숲으로 숲으로 들어간답니다

숲에는 언제나 신을 깜짝 놀라게 할
커다란 고목과 커다란 까마귀가 있고
때로 신과 나는 신을 닮은 사슴을 만나기도 한답니다

나의 신은 나랑은 달라서 추위를 타지 않는데
내 신발이 흠뻑 젖고 내 귀가 꽁꽁 얼어도
내 어깨 위에서 소풍 가는 새처럼 웃으신답니다

내가 좋아하는 떨기나무가 걸어다니는 언덕에 이르러

나의 신은 내 어깨에서 내려와 오줌을 누기도 하시지만
이건 아무에게도 말해선 안 되는 비밀이랍니다

내가 바위 밑 옹달샘에 엎드려 물을 마실 때
나의 신은 올해도 내 뒤통수를 누르셨지요
나의 신은 내 코를 옹달샘에 빠뜨리는 걸 좋아하십니다

신이 갑자기 개암나무 가지를 흔들어
나를 눈투성이 거지로 만들어놓으시면
나는 비명을 지르지만 신을 더 사랑하게 됩니다

오솔길에 누워 도랑 같은 하늘을 올려다볼 때면
진흙으로 빚어 말린 구슬 같은 신의 웃음소리를 듣습니다
그때 나는 신의 몸에 무례하게 쏟아지는 눈송이를 잡으
려 애쓰지요
내가 엄지와 검지로 천사의 가루 같은 눈송이를 잡으면
신은 기뻐하시며 상을 내려주기도 하신답니다

나무가 점점 더 빽빽해지고 하늘조차 없는 곳까지 가면
그때야 신은 장난을 멈추고 신으로 돌아오십니다
캄캄해진 나의 눈과 귀에 빛을 한 땀 찔러넣어
내가 길을 찾도록 도와주시지요
물론 가끔은 나를 숲에 버려두고 혼자서 가버리기도 하

시지만요

나에겐
말썽꾸러기 아기 같은 작은 신이 있습니다
그분이 눈을 좋아하셔서
이렇게 눈이 펑펑 오는 날 나는 바빠서 놀지도 못한답니다

울면서 콜라를 먹으면서

야, 사람 만나는 거, 그것도 알고리즘이야. 좋은 사람 만나는 사람은 계속 좋은 사람 만나고 나쁜 사람 만나는 사람은 계속 나쁜 사람 만난다. 그러니까 너는 좋은 사람 만나면 깽판 치지 말고 오래 만나라. 그래서 좋은 사람 만나는 사람 되도록 해. 씨부럴, 내가 지금 누구한테 뭐래. 난 어떻게 감정의 대표가 분노냐. 뻑하면 열받고 뻑하면 꼭지 돌아. 근데 여긴 나무가 다 크리스마스트리 같다. 다 초록이고 다 눈이 쌓였어. 멀리서 보면 나도 나무 같겠다. 초록 목도리 둘렀잖아. 솔직히 내가 그 자식 그렇게까지 좋아하는 건 아니야. 그치? 그 자식이랑 헤어지고 누굴 안 만나서 좋아할 사람이 없어서 그런 거야. 그치? 야, 그리고 네 말대로 긴 인생 놓고 보면 이건 진짜 아무것도 아니야. 나중엔 기억도 안 날걸. 근데 그 인간이 웃기긴 했어. 신이 외계인이란다. 뭔 또라이 개소린가 했는데 요샌 꼭 그렇지만도 않다. 생각해봐. 나타나질 않잖아. 근데 그러려면 외계인이어야지. 눈에 안 띄기 어디 쉽냐. 신도 SNS는 할 거 아냐. 뭐 내가 그렇게 생각한다는 건 아니고. 외계인이든 뭐든 나타나지 않는 걸 보면 분명히 못생겼을 거야. 그만 가자. 나 이제 정신 돌아오나봐.

수국이 창문을 들이받으므로

오후에
인형을 만드는 사람 작업실에 들러
와인을 마셨다
대화의 주제는
보일러를 터뜨린 지난겨울의 혹독한 추위와
지긋지긋한 전염병
그리고 우리 곁에 바짝 다가온 죽음
우리는 자기 목숨을 가지고도 농담을 했다
죽고 싶지 않지만
죽음에 대한 농담은 통쾌하니까
진짜가 아니지만 무서우니까
동해지, 바다가 좋잖아
양양이 가까우니까 그쯤으로 하자
화장실은 몰라도 해당화는 있어야지
해먹도
우리는 집이 없지만
세컨하우스 얘기를 빼놓은 적이 없다
새로 만든 인형 몇이 모자 속에서 귀를 꼼지락거리고
오래된 허수아비는 낮잠이 한창
우리는 뱃속에 공기가 가득해서
밥 생각이 없었다
다만 나는 삼십 년째 애정 결핍
춤을 추며 원숭이 인형 앞으로 갔다

잘 있었니? 나 잊지 않았지?
아직도 날 사랑하지 못하겠어?
그 사람은 몸을 돌려 나를 한 번 바라보고는
미소를 지었다
도형으로 치자면
묵묵한 그 사람은 사각형
모든 인형과 인사를 시작하는
나는 원이었다

결국 수정액도 페인트 아니겠어?

습도는 높고
구름은 가까이에서 검은색이었다
벽지 속에는
크랙이 일가를 이루고 있었다

벽을 칠하는 동안
나는 아주 더러웠다
그러나 샤워를 다섯 번이나 하는 날도 있어서
나는 아주 깨끗했다

어떤 때는 라디오를 켜야 했고
어떤 때는 라디오를 꺼야 했다
어떤 때는 전화를 받아야 했고
어떤 때는 전화를 안 받아야 했다

페인트칠을 하면 좋은 점은
아무 생각도 안 난다는 것이다
가끔 붓을 내려놓아도 아무 생각이 안 나 괴로울 때도 있
었는데 그건
생각이 나서 괴로운 것보다 덜 괴로웠다

내가 붓을 들면
페인트에 날개가 돋아

내 어깨에도 정수리에도 날아가 앉았다
동공 속으로 뛰어든 페인트 방울은
아직도 앉을 곳을 찾고 있을 것이다

예상하지 못한 것은 고양이
고양이는 칠한 벽에서 쥐를 찾아 뛰어다녔다
눈알처럼 반짝이는 페인트 방울을 핥아먹었다
고양이가 고양이가 아니었으면 화를 냈을 것이다

나를 괴롭히는 건 칠할 벽이 아니라
칠한 벽이었다
칠한 벽이 자꾸만
칠할 벽으로 바뀌었다
완성이란 타협의 다른 표현일 뿐
페인트의 세계에도 완성이란 없었다

에이스와 요구르트를 먹으며 자주 쉬었다
어디서 비행기가 천둥 같은 소리를 냈다

손톱을 두 번 깎고 붓을 말렸다

인형이 아니라서 더

어려서 갖고 놀던 인형은
눕히기만 하면 눈을 감고 잠들어서
나를 외롭게 만들었어

너는 그 인형처럼 눈도 크지 않으면서
그 인형보다 빨리 잠들어
그 인형보다 더 나를 외롭게 만들어

인형은 앉혀놓으면 잠이 깨지만
너는 피곤하다고 하니까 깨울 수가 없어
나 혼자 소리를 끄고 조용한 지옥에 남아

이 집에서
너는 잠들고 싶어하는 나와 함께 있지만
나는 잠들었거나 자려는 너와 함께 있어

진심으로 네가 잘 지내기를 바라지만
네가 너무 잘 지내면
내게 상처가 되는 것 같아

인형은 눕히지 않아도
동그랗게 한곳만 바라보며
나를 외롭게 만들었어

하지만 난 인형을 사랑하지 않잖아

때로 너의 썩썩한 잠과
늘 해야 할 일이 있는 너의 능력은
내겐 아주 사악한 거야

당신보다 당신 고양이

　당신이 가는 건 좋아. 그렇지만 당신 고양이는 아니야. 당신과 십 개월을 살았으니까 당신 고양이와도 십 개월을 살았어. 십 개월 동안 내가 당신보다 고양이 밥을 더 많이 주었어. 양치질도 내가 시켜주고 심장사상충 약도 내가 발라줬어. 퇴근하고 돌아온 당신은 고양이를 귀여워하기만 하면 됐지만 나는 아침저녁으로 고양이 똥과 오줌을 치웠어. 끝없이 빠지고 나는 털을 빗질하고 관절 약과 크릴새우와 치약 사료를 먹여줬어. 피곤할 때도 팔이 아프게 사냥놀이를 해주고 잠이 들 때까지 턱을 쓰다듬어준 것도 그래 나야. 당신 고양이는 나한테 맥주 한 잔 안 사주고 심부름 한 번 안 해주고 내 시간과 용돈을 까먹었어. 내 어깨에 매달려 눈보라를 헤치고 예방접종을 하러 갔고 기분이 좋을 때면 내 가슴을 구름처럼 밟고 뛰어다녔어. 내 목에 발톱자국을 만든 것도 내 침대에 털 뭉치를 토한 것도 당신 고양이야. 당신 고양이는 한 번도 나를 도운 적 없고 나를 사랑하는지도 확실치 않아. 그렇지만 당신 고양이는 당신보다 나랑 더 잘 지냈어. 당신이 간다고 내가 더 외로울 것 같진 않으니까 당신이 가는 건 괜찮아. 내 잠과 용돈을 바칠 곳이 없어지니까 고양이는 달라. 나한텐 나를 사랑하는 존재보다 내가 사랑할 존재가 필요해. 당신은 잘 가. 그렇지만 고양이한텐 어떻게 그 말을 하지?

몬스터 B

너에게 잡혔던 내 팔엔 아직도 못박힌 통증이 달랑거린다
그러나 나를 잡아다놓고 넌 아직도 일어나지 못하고 있다

저렇게 약한 게 무슨 몬스터야. 나를 어떻게 처리할지 정
하지도 않고 기침을 하고 가래를 뱉는 게. 나를 붙잡을 때의
너와 나를 잡아다놓은 너는 너무도 달라. 내가 붙잡힐 때 나
를 잡아다놓은 너를 만났다면 아마도 나는 붙잡히지 않았을
거야. 날이 밝고 이 메마른 구덩이에 보혈같이 검붉은 해가
뜨면 나는 금방 달아날 길을 찾을 수 있을 거야. 분명히 나
는 네가 먹어치우기엔 좀 곤란할걸. 이것 봐, 난 이렇게나
건강해. 지금 와 털어놓지만 내가 너에게 붙잡힌 건 붙잡히
지 않으려 애쓰지 않았기 때문이야. 마음만 먹으면 난 정말
붙잡히지 않을 수 있었어. 내가 나가서 네 정체를 떠벌리면
너는 앞으로 아무도 붙잡지 못할 거야. 내 두려움의 도움 없
이 넌 아무것도 할 수 없어. 몬스터도 될 수 없어. 그럼 넌
얼마나 몬스터가 되고 싶을까.

저렇게 피곤한 게
무슨 몬스터야

그 집에 동물이 남았습니다

그 집에 동물이 남았습니다

아침이면 동물은 눈을 뜨고 하늘을 봅니다
하늘은 일어나서 보는 것보다
엎드려 보는 것이 좋습니다

천장에 뚫린 구멍
그 구멍이
그 집의 창문입니다
그 창문이 그 집의 유일한 문입니다

열고 닫을 수 있는 크고 아름다운 문이 있었지만
그 문은 봉해졌습니다
신들은 발견되면 안 되기 때문에
신들의 동물도 발견되면 안 됩니다

날개와 성대를 바치고 신들의 동물이 된 동물은
신들의 식탁에서 떨어지는 고기를 먹었습니다
그때는 평화로워서
동물도 머리에 화관을 쓰고 신이 되는 날이 있었습니다

그러나 지금 동물에게 남은 건
까마득한 천장과

거기 뚫린 구멍
그리고 점점 희미해져가는 신들의 냄새

제일 먼저 남자
그리고 아이
마지막으로 여자
세 명의 신이 다른 방향으로 갔습니다

다른 신들이 와서 동물을 꺼내줄 수 있지만
신들에게 바쳐졌던 동물은 다시 바칠 수 없어서
다른 신들은 더 굳게 문을 봉하고 떠날 것입니다

그 집에 동물이 남았습니다
배가 고프면 신들의 냄새를 먹습니다

몬스터 일기 1*

그의 눈이 보이지 않아서
나는 아름다울 수 있었다
아름다울 수 있어서
착할 수도 있었다
병약한 그를 위해
나는 짐승처럼 밭일을 하고
요정처럼 집안일을 했다
그의 눈이 보이지 않아서
산기슭에 가득한 자고새 소리를 들으며
장난감 같은 마을에서 오래도록 지낼 수 있었다
그의 메마른 입술에서 흘러나오는
사소한 축복의 말들을 들으며
그의 캄캄한 세상을 열고 닫았다
그를 괴롭히는 깡마른 노인을 찾아가
딸기밭을 망치고 유리창을 깬 것을
두고두고 통쾌해했다
분명 잘못 태어났지만
그와 친구로 지내는 동안
잘못되지 않을 수 있었다
나는 나를 사랑할 수 있어서
누구도 나를 쫓지 않았고
나도 누구를 쫓지 않았다
그의 눈이 보이지 않아서

나는 들판의 꽃을 볼 때마다
천사처럼 가슴이 아팠다
나는 나중까지 그의 곁에 머물렀고
마침내 그가 감은 눈을 감았을 때
너무나 외롭고 캄캄해서
천천히 그를 먹고 그의 집을 나왔다

* 케네스 브래나, 〈프랑켄슈타인〉(1994)에서.

몬스터 일기 2

종일 하늘을 쳐다보고 다녀도
내 눈엔 온통 덤불인데,
사람들은 어디에 살고 있기에
파란 하늘에 대해 말하는 걸까
해가 떠도 달이 떠도
재투성이 하늘에 부서진 유골 같은 가시가 가득한데,
그들은 언제 하늘을 보기에
빛나는 구름에 대해 알고 있는 걸까

아무리 희귀한 동물이 있다 해도
사람보다 신기하지는 않을 거다
그들은 무슨 말을 듣기에
혼자 벤치에 앉아서도 웃으며 고개를 끄덕이고
눈을 감고서도 무엇을 보기에
손가락을 뻗어 허공을 매만지는 걸까

나의 귀는 어찌하여
그들이 듣는 것을 듣지 못하며
나의 혀는 어디가 이상해서
그들이 먹는 것을 삼키지 못하며
나의 몸은 무슨 문제가 있어
이토록 많은 깃털을 가지고도
그들의 춤을 알지 못하는 걸까

그렇지만 나도 그들처럼 분명히
눈이 있다
다리가 있다
심장이 있다
그들에게 없는 것도 있다
그들이 모르는 것도 있다

뱀파이어의 인간성

번뇌가 깊으면
자기 숨소리에도 화가 치민다
어둠 속에서 누군가 속삭이는 소리에 발톱이 길어진다
무엇 때문에 내 귀는 집 없는 개처럼 밝고
무엇 때문에 내 코는 초여름 파리처럼 섬세할까
사람의 기분이나 생각을
냄새로 분별하는 일을 그만두고 싶다
심장에 불이 붙는 불안이 며칠만 더 계속되면
무엇이 되어도 되겠다
이제 잠은 밤에 자고
낮에 일어나 살아도 되겠다
오늘도 내게 죽음이 충만하니
무엇이든 살아 있는 것을 먹어야겠다
원래 흡혈귀의 고독은 인간에게서 전염된 것
흡혈귀에게 와서 순결해진 것
수천 년 동안 하루도 역동적이지 않은 밤은 없었다
인간이든 곤충이든 귀신이든 좀비든
변신의 시작은 외로움
가장 나약했던 때로 돌아가 눈을 뜨는 밤,
신의 잔혹함은 귀가 없다는 데 있으니
나의 고독으로는 넘지 못하는
먼 산맥을 헤매러 가자

2부
모래 옆에 모래 모래 옆에 모래

3시의 고양이

　새벽이라 하기에는 너무 이른 새벽에 나는 고양이가 무얼 하는지 안다. 고양이는 침대 모서리에 앞발을 모으고 나를 기다리고 있다. 오줌을 누고 들어와 등을 켜면 고양이는 졸음에 눌린 눈을 끔뻑인다. 금방 다시 잠들 줄 알았던 고양이는 소리 없이 침대에서 내려가 거실이나 부엌, 화장실의 어둠 속에 한참 웅크렸다 돌아온다. 스크래처에 발톱을 두어 번 긁고는 내 머리맡에 와 서너 번 하품을 한다. 그러고는 차근차근 이불을 꼬집으며 다가와 내 얼굴에 코를 대고 냄새를 맡는다. 가끔 고양이 수염이 내 볼에 닿기도 한다. 그런 다음 고양이는 창문에 햇살이 가득할 때까지 밤의 두번째 토막 속에서 잠을 잔다. 새벽이라 하기에는 너무 이른 새벽에 나는 늘 깨어 있으므로 그때 고양이가 무얼 하는지 안다.

災의 아리아

돌무더기 속에서 기어나왔을 때
아이를 도둑맞은 걸 알았어요
눈은 울고 입은 웃는 사람들이 물을 끼얹었었어요
정신을 차리고 보니 그들이 끼얹은 건
물이 아니라 눈물이었죠

남편이 아이를 데려왔어요
아이가 물웅덩이에 누워 있어요
어디 하나 완전하지 않은 데 없고
어디 하나 고귀하지 않은 데 없는데
딱딱하네요 대리석처럼 딱딱하네요

아이에게 주려고 사두었던 빨간 불자동차가
사람들을 홍해처럼 가르며 달려오네요
저 자동차에는
주름 하나 없는 순백의 옷을 입은
신이 타고 있을 거예요
가만두지 않을 거예요

모래의 형식

모래도 나처럼 움직이지 않는다
모래도 나처럼 거품을 물고
젖었다 말랐다 한다
모래도 나처럼 귀신도 아니면서 사람도 아니면서
일어서지도 않고 그렇다고 눕지도 않는다
저쪽에서 한 남자가 옷을 벗는다
소리를 지르며 바다 쪽으로 달려간다
꿈틀거리는 모래
남자의 발바닥에 붙어 해변을 달린 모래는
잠깐 바람을 쐬고 나서
곧 침잠의 시간으로 빠진다
나는 죽고 싶은 날이 많아서
살고 싶은 날도 많다
보아서는 안 되는 사람이 있어서
보고 싶어 미치는 날이 있다
모래였으면 좋겠다
먼지나 공기가 되어 나무나 풀에 흡수될 때까지
끝없이 자고 싶다
바다에 온 이유도 비슷하다
신을 믿고 싶어서
신을 믿으면 신에게 맡길 수 있을 것 같아서
신을 믿으면 다 잃어도 신은 남을 것 같아서
여기서 더 독해지기는 싫다

040

이보다 더 외로워지기는 싫다
모래 옆에 모래 모래 옆에 모래
모래는 모래란 모래는 다 만나서
더 만나고 싶은 모래가 없을지도 모른다
모래가 부럽다
모래는 생각하지 않아도 되니까
모래는 선택하지 않아도 되니까
모래는 모래가 아니어도 되니까
바다에 있지만 바다는 어디일까

달맞이꽃 피는 개울에

낮은 괜찮아
해가 떠도 눈을 감고 있으니

밤은 달라
이름만 남은 사람이 점점 더 예뻐져

영혼이 몸이 되어
바람을 만든다

몸이 사다리가 되어
하늘로 올라간다

낮은 괜찮아
개울물이 깨어 돌을 타넘고 노니

밤은 다르지
이곳에 없지만 가까이 있는 것들이 울면서 체위를 바꾸
잖아

너의 피는 개울에
나의 호흡은 하늘에

몸만 없고 다 있는 너와

몸만 있고 다 없는 나와　　　　　　　　　　　　　　　　—

버드나무 그림자가 떨리는 손으로 미친듯이 연주를 시작하기 전에

어제의 나를 개울에 구겨넣고
오늘의 나를 데려가요
달려가요 날아가요 달아나요

무서운 곳에서도 나는 낙천적일 거예요
오늘의 나는 무엇이든 다 이룰 것 같고
누구에게든 이해받을 것 같고
언제까지나 들뜰 것 같아요

나는 약간 조증 환자예요
내일은 어느 굴뚝에 떨어질지 알 수 없지만
어느 바위 밑에서 죽어갈지 알 수 없지만
오늘은 내일이 아니에요

나를 살짝 얼려줘요
이대로 유지시켜줘요
오늘은 맑음 비가 와도 맑음

당신이 말하지 않은 말까지 이해해요
당신이 저지르지 않은 짓까지 용서해요
내 머리에 신의 부스러기가 뿌려져 있어요

어제 먹던 약은 닭장에 던져요

닭이 죽든 천사가 죽든 죽은 아이가 죽든
병과 어둠은 어제의 일이에요

모닥불의 힘을 빌려 간신히 진실을 보기 싫어요
가요, 오늘의 나를 데려가요
달려가요 날아가요 달아나요

저 방

너는 눈을 뜨자마자 저 방으로 갔다
좋은 생각이 났으니 말 시키지 말라고 했다
뭐하는지 보지 말라고 했다
커피도 가져오지 말라고 했다
그림자도 안 된다고 했다
잠깐 죽어달라고 했다

나는 일어났지만 눈을 뜨지 않았다
자그마한 내 두 귀는 그러나
너의 명령에 묶이지 않았다
움직이지 않으면서 계속해서 자라났다

아, 정확한 너
내 발과 입을 잘라버리고
너는 너의 세상으로 갔다
왜 너와 있으면 나는
나의 세상을 잃게 될까
너의 세상에 가지 못하면서 왜
너와 있을까

너도 나만큼 외로웠으면 좋겠다
죽도록 힘들었으면 좋겠다
네가 하는 일이 무엇이든

누굴 위한 것이든 무슨 의미가 있든
잘되지 않았으면 좋겠다
저 방에서는
다시는 일어서지 못했으면 좋겠다

네가 저 방에서 야호를 부르며 나온다
이상한 소리를 낸다
사랑한다며 침대로 다이빙한다
천 개나 되는 손을 이불 속으로 들이민다

하나하나,
잘라주어야겠다

스물다섯 살이지만 어린이 병원에 입원했어요

낮인지 밤인지 모르겠어요
밖에 네모난 해가 떴대도
삼각형 꽃이 폈대도 믿겠어요
달을 볼 수도 산책을 할 수도 없으니까요
창가 아기가 또 울어요
울음을 그치지 않아서
할머니가 어쩔 줄 몰라요
어떨 땐 다 나은 것처럼
맑고 높은 옹알이를 해요
그건 강력한 마법이라서
병실을 금방 빛으로 채우죠
발에 목에 바늘을 꽂고
기지도 일어서지도 못하는 아기가 있다는 건
신이 없다는 증거예요
힘들 땐 신이 필요하지만
신이 필요한 사람은
극한까지는 가지 않은 사람
극한까지 간 사람은
신이 없다는 걸 알고 있어요
순한 아기는 천사 같고 요정 같아서 사랑받기 좋지만
여기선 먹성이 좋은 아기가 돼야 해요
그래야 열이 나도 수술을 해도 회복이 잘돼요
종일 동요가 들리는 여긴 어린이 병원

나는 스물다섯 살이지만 어린이 병원에 입원했어요
태어나자마자 병원에 다녀서
담당 의사가 소아청소년과 의사거든요
방금 조직검사를 했고 내일은 퇴원을 해요
배에 모래주머니를 올리고 있는데
진통제는 효과가 별로 없어요
엄마가 옆에 있지만 엄마는 조직검사를 한 적 없어서
내가 어떤 식으로 아픈지 몰라요
통증의 장르를 혼자 알고 있어서 조금 외로워요
하지만 퇴원을 하면 나는 더 행복할 거예요
퇴근하고 집에 누워 텔레비전을 보는 일과
내 고양이 폴리를 폴리야! 부르는 일이
얼마나 소중한지 알았거든요
내일부터 난 아무것도 모를래요
모르는 사람이 될래요

조용한 여름

어려서 잠에 빠지며 하던 상상처럼
내가 투명해진 걸까

들쥐는 어째서 태양이 이글거리는 대낮에
눈알을 닦으며 사람의 길을 가로질러가고
머리가 커다란 해바라기는 어째서
태양에 몰두하지 않고 바닥을 살피는 걸까

시계를 잃어버리고 어쩔 줄 모르는 것이
나만은 아닌 모양이다

누가 음악을 들으며 지나간다
듣고 싶지 않은데 너무 잘 들린다
아는 노래인데 제목을 모르겠다

내가 아는 것은 대부분 이런 식이다
안다고 하기에는 모르는 부분이 중요하다

저기 이름을 모르는 아는 사람이
개를 데리고 간다
나뭇가지 그림자가 그와 개의 몸을 훑는다

가렵다

겨드랑이도 가렵고 발가락도 가렵고
귓구멍도 가렵고 눈알도 가렵다
다행이다 몸이 가려워서
몸은 긁으면 되니까
더러 나인 건 분명한데 어딘지 모르는 데가 가려운데
그때 가려움에서 나를 구할 수 있는 자는 내가 아니다
그는 어디서 무엇을 긁고 있기에
여태 나에게 오지 않는 걸까

죽은 것도 아니고
좀비도 아니지만
또 살아났으니
오늘은 집으로 돌아가 조용히 있어보자
젖은 귀를 창문에 걸어 말리며
가슴에 손을 올리고 미라처럼 누워 있어보자

도무지 근원을 알 수 없는 나의 태풍이
도망칠 수 없을 만큼 가까이 와 있다

유령의 시

한때 나는 유령이었다
그때 나는
뱀의 허물이 걸쳐진 돌 틈에서 쉴 수 있었다
높은 곳 나뭇가지에 스치는
바람 속에서 잘 수 있었다

그때 나는
내가 알 것 같은 사람이 아니라
나를 알 것 같은 사람들을 따라다녔다
밤을 새우는 그들 옆에서
밤을 새우길 좋아했다
그들이 나 대신 외로워해줘서
위로가 되었다

그렇지만 그때도 나는
모이길 꺼렸다
아는 얼굴들끼리 모인 것을
선한 역사처럼 떠벌리는 소리 때문에
사람이 되고 싶을 때도 있었는데
그건 소리치고 싶어서였다

나를 만난 사람들은
대부분 나를 만난 줄 모르지만

나는 한 사람 한 사람을 분명히 기억하고 있다
그때 얻은 결론은
강한 사람은 없다는 것
별일 없는 사람만 있을 뿐이라는 것

나는 종종
태어난 계곡에 가서 울었다
총알같이 다니는 고기들과
지느러미를 흔드는 개암과
굵고 각진 모래와 까맣게 변한 젖은 낙엽을 보며
며칠씩 앉아 있곤 했다

한때 나는 유령이었다
가까이에서 아무도 죽지 않았고
아무도 결혼하지 않았다
그때 나의 부끄러움은 냄새뿐이었다
다른 건 다 감출 수 있었다

이상한 사람의 이상한 밤

잠이 톡 톡 톡 끊어진다
정신을 차리면 꿈을 잊어버린다

꽃이 물을 빨아올리는 소리가 들린다

살아 있는 것들은 밤에 자란다는데
나도 그랬으면 좋겠다

나는 밤만 되면 내가 아닌 것 같다
밤에는 가만히 숨만 쉬면 되지만
쉬운 게 어려워지는 게 밤이다
이런 얘기를 하면 누군가는
나에게 이상한 사람이라고 한다

사람들이 얼마나 잔인하냐면
힘든 사람이 힘들다고 말하면
힘든 티 내지 말라고 한다
힘든 티 내면 이상한 사람이라고 한다
그러면서 필요할 때마다
바로 그 이상한 사람에게 가서
힘들다고 힘들어 죽겠다고 한다

춥고 싶다

여기는 춥고 저기는 덥지 말고
온전히 춥고만 싶다

오늘밤도 죽일 수 있는 사람이 죽은 사람뿐이어서
죽은 사람을 살리고 또 살린다

라보카행 오토바이

심장이 음악으로 반짝일 때까지

라보카
라보카

바람의 기차가 달리는
나무와 곡식과 목초로 빛나는 들판 너머

모르는 사람들이 이웃처럼 인사를 하는
버려진 고양이까지 스텝을 아는
도착하기 전에 사랑에 빠지는

라보카
라보카

아코디언이 날개를 펴고
창문을 연 자동차들이 노을을 향해 컹컹댄다

이제 막 택시에서 내린 붉은 드레스 흑발의 저 여인이
나의 연인

밤이 밝아온다
두번째 하루가 시작된다

라보카
라보카

오늘 내 이름은 카롤루스
나의 피는 보라

정맥혈은 동맥으로
동맥혈은 정맥으로

아스팔트 위의 지렁이

여기까지 와서 숨이 찬 게 아니야

숨이 차서 여기까지 왔어

3부

사랑 고백이 그렇게 시시한 거였나

작은 동물의 방문

어떤 날은 들리지 않아야 할 소리가 들린다
보이지 않아야 할 것이 보인다

우리집에서
나에게서

영원히 자취를 감춘
아주 작고 늙고 가벼운 동물의

소리
냄새
다리와 눈의 생김새와 털결

나는 두 가지 때문에 놀란다
다시는 누구도 사랑하지 못할 것 같던 메마른 내게
이토록 진하고 무한한 사랑이 있다는 것과
결코 시간은 약이 아니라는 것

무릎으로 올라오려고 바지를 붙들곤 하던
뾰족한 발톱이
가슴으로 올라와
심장 안으로 들어온다

여기 없으면서
나에게 오려고

틈새 일기

고양이와 지내면서
악어의 앞발에서도 고양이를 발견한다

어젠
술 먹은 시인하고 통화를 했다
사랑한다 그랬다
사랑 고백이 그렇게 시시한 거였나
그 말 들으며 여드름을 짜서
여드름이 깨졌다

아침엔
학생에게 맞은 선생님이 뉴스에 나왔다
그런데 선생님을 때린 학생은 최근에
다른 학생에게 맞았다
맞은 선생님은 맞기 전에
학생을 때린 학생을 때렸다
뉴스가 무슨 수수께끼 같다

지금은
행주를 빨고 있는데
행주 빤 물이
걸레 빤 물보다 더럽다

오후엔
할머니를 뵈러 가야겠다
할머니는 버건디를 좋아하시니까
버건디색 치마를 사가야지
오늘 할머니는
빨강 못 입는 사람이 버건디 입는다는 농담을
농담으로 받아주실까

과거를 너무 생각하면 우울해지고
미래를 너무 생각하면 불안해지니까
오늘에 대해서는 묻지 말아야 한다

그나저나
여드름은 몇 살까지 나고
고양이는
언제까지 예뻐질까

허수아비

막
11시가 넘었을 때
허수아비가 시커먼 그림자를 앞세우고 따라왔다

너는 지난가을에 불태워지지 않았어?

허수아비는 가로등 불빛 아래에서
남루한 차림을 드러냈다

너는 여기 있으면 안 돼

허수아비 어깨에는 찢어진 가랑잎이 붙어 있었다
허수아비 몸에서 젖은 걸레 냄새가 풍겨왔다

나는 너를 몰라, 너 같은 건

허수아비 그림자가 내 옆구리에 닿았을 때
소리쳤다

내 옷 입고 다니지 마! 버린 것도 내 것이야!

허수아비가 몸을 떨며 어둠 속으로 사라질 때도
반질반질한 눈동자가 나를 놓지 않았다

너를 잊을 거야, 너 따위는

골목에서 밤새도록 발소리가 들렸다
발소리의 발소리도 들렸다

숲속엔 저녁이 없어요

어디로 가다가
길을 잃은 게 아니에요
놀다가 그랬어요

숲속에서 해가 지는 것은 한순간이에요
숲속엔 저녁이 없어요

어려움에 처했을 때
흔히 희망을 가지라고 하는데
희망이란 하늘에 떠가는 비행기 같은 거예요
나를 구할 모든 것을 갖췄지만
나를 보지 못해요

반복이 공포예요
모르는 길이 모르는 채로 눈에 익기 시작하면
나타날 수 없는 것들이 무서워요

산짐승이 무서워서
산짐승이 되고 싶은데
나는 멧돼지가 되고 싶어요

길을 잃으면
길이 안 보여도

길이 움직인다는 사실은 보여요
기억은 다르다는 것도요

혼자라서 길을 잃었을까요
길을 잃어서 혼자라는 걸 알았을까요

나무 그림자에 기겁을 하고
나무 그림자에 숨어요

간절기

오후에
생각하지 말아야 할 사람을 생각했다
저녁에
그 사람이 했던 말을 곱씹었다

어디선 매화가 피고
어디선 살구꽃이 피고
어디선 목련이 핀다

내가 아는 사람들은 다 지치고 피곤하지만
주말이 아니라도 어디론가 간다
꽃을 풍선처럼 크게 찍고
벌레를 고양이처럼 부풀려 찍는다

나는 오늘도 먹을 시간이 많지만
먹을 때를 놓치고
잘 시간이 많지만
밤을 새운다

자꾸자꾸 늘어나는 이 시간을 무엇으로 바꿀까
자꾸자꾸 태어나는 나에게 무슨 일을 시킬까

보파와 브레이크타임

한국 사람들은
진달래가 피면 스토리텔러가 된다지만
나는
담배를 물면 스토리텔러가 돼요

어려서는 하고 싶은 게 많았지만
가장 하고 싶은 건 결혼이었어요
아주 먼 데로 시집을 가고 싶었거든요

소원대로 나는 멀리 왔어요
그러나 내가 아는 결혼과 내게 닥친 결혼은
완전히 다른 것이에요

남편은 내가 담배맛도 모르면서
담배를 피운다고 욕해요
그 사람은 내가 담배맛을 아는지 모르는지 어떻게 알까요
그건 나만 알 수 있는 건데요

내 결혼은 이제는 흙이 된
할머니 결혼 같아요
할머니처럼 나도 숨어서 담배를 피워요
자다가 일어나 술을 마시고요
할머니처럼 나도 약이 있었으면 좋겠어요

고향에 있는 아빠보다 더 나이가 많은 남편은
밤마다 나에게서 자기 엄마를 찾아요
나에게서 자기 엄마 냄새가 안 난다고 때려요

마을 사람들은 나보다 오래 남편을 봐왔지만
그들은 남편을 몰라요
그래서 남편을 착하다고 말해요
그들은 남편을 오래 봐왔지만 짧게 오래 봐왔어요

한국은 내 나라가 아니고
가끔 나는 내 나라에 가서 울고 싶어요
그러나, 금방 아빠가 떠올라요

일만 하던 엄마가 말라리아로 죽은 지 일 년이 넘었지만
여전히 아무것도 안 하고 사는 내 아빠는 생각하기도 싫
어요
뱀 같은 아빠는 내가 엄마를 닮았다고
엄마가 집에 없을 때면 내 옷을 벗기고
아빠 여자가 되라고 했어요

고향에는 남편보다 나쁜 아빠가 있고
이곳엔 아빠보다 나쁜 남편이 있어요

아직도 고향에 있는 내 친구들은 먼 데 사람과의 결혼을
꿈꾸지만
　친구들은 친구들이 원하는 게 뭔지 몰라요
　모르기 때문에 원하는 거예요

　바다에 큰 배가 하나 떠서
　나 같은 여자들만 탈 수 있었으면 좋겠어요
　이곳도 저곳도 갈 수 없는 사람들이 타고 떠날 수 있는 배
　평화는 파도를 넘어가는 배 갑판에 있을 거예요

　담배를 끊을까봐요
　담배 때문에 남편이 찾는 엄마 냄새가 안 나는지도 몰라
서요
　남편도 안 닮고 아빠도 안 닮은 아기를 낳고 싶어요
　참, 내 이름은 보파예요

나이지리아에서 왔어요

나이지리아에서 왔어
나이는 몰라
사장님이 그러는데 내가 한국 온 지 삼십 년 됐대

아빠는 부인이 다섯이야
엄마는 둘째 부인이나 셋째 부인일 거야
나한테 뽀뽀를 잘 해줬어
근데 난 넷째 부인을 닮은 것 같아

일 끝나면 공장 사람들은 다들
고향 얘기를 해
그럴 때면 나도 고향에 가고 싶어
하지만 잘 모르겠어
혼자 가만히 있을 때면
고향에 가고 싶지 않은 것도 같아

고향을 생각하면 이상해
내가 아는 고향과 진짜 고향이 다르면 어떡해?
내가 아는 바로 그 고향에 갔는데
기쁘지 않으면 어떡해?

내가 아는 사람들은 여전히 젊고 어리고
나만 혼자 늙었을지도 몰라

난 멀리 와서 매일 일을 해
이젠 아는 사람들도 모르는 사람들과 똑같아졌을 거야

고향에는 일자리가 없어
사람들은 낮에도 자거나 술을 마셔
가족을 괴롭히면서 시간을 보내
난 그런 사람들만 알아
그런 사람들뿐이니까

결혼은 내 일이 아니야
난 결혼한 적 없어
결혼하고 싶었던 여자는 있었지만
그 여자는 아빠의 다섯째 부인이 됐어
한국에서 그 소식을 들었어
그날 난 손을 다쳤어

월급을 받으면 나이지리아로 보내
아빠는 그 돈으로 다섯 명의 부인과 열세 명의 동생들과
몇 명인지도 모르는 손자들을 돌봐
하도 오랫동안 안 가서
아빠가 돌보는 사람들이 다 내 가족인지도 모르겠어

청바지 염색하는 일은 재미없어

하지만 다른 일을 몰라
한국에서 그 일만 했어
난 사장보다 공장을 더 잘 알아
사장이 세 번 바뀌었지만 난 안 바뀌었어

아빠 얼굴이 나보다 어려
기억 속의 아빠는 놀면서도 바빠
몸에 귀금속을 두르고 다녀
귀금속은 사람들을 복종시키는 힘이 있어
아빠가 그걸 다 어디서 얻었는지 몰라

난 얼굴도 피부도 피도
나이지리아 것이지만
나이지리아는 나의 것이 아니야
나이지리아로 추방된다면 못 견딜 거야
이제 난 나이지리아에서 사는 방법을 몰라
한국 사람은 아니지만
난 한국의 것이야

고향이 있다면
쉬는 날 모이는 친구들
나이지리아 말로 이야기하고
나이지리아 말로 노래하고

나이지리아 말로 춤추고
나이지리아 말로 술 먹고
나이지리아 말로 싸우는
그 자리에 있어

그래도 눈은 놀라워
어려서 못 본 건 볼 때마다 신기해
속눈썹에 앉은 눈송이가 녹을 때
차갑고 또 따스한 느낌이 들어
내 것은 금방 녹는 눈송이 속에 있어

제임스, 나도 영어를 배워볼까요?

비 오는 날 제임스는 주차장에서 담배를 피우지요. 그가 미국이나 영국, 호주 사람이거나 스웨덴 사람인지 나는 모르지요. 그의 체구는 커다랗지만 그의 미소는 가볍게 만들어지지요. 미소가 사라지기도 전에 새로 만들어지지요. 나는 그가 영어로 인사하기를 바라지만, 나를 보면 그는 꼭 안녕하세요? 한국말로 인사하지요. 그럼 나도 안녕하세요? 한국말로 인사하지요. 그가 뭐하러 한국에 왔는지는 몰라도 지금은 아이들에게 영어를 가르치지요. 가끔 어떤 아이들은 우리집 문을 두드리며 제임스를 부르지요. 그럼 나는 생각하지요. 내가 제임스 애인처럼 보이나봐. 최근에야 알았지요. 제임스도 나처럼 501호에 살지요. 우리 바로 옆 건물이고, 그 건물은 우리 건물과 똑같이 생겼지요. 아이들은 제임스가 사는 501호 말고, 내가 사는 501호 말고, 또다른 501호에도 갈 거예요. 똑같은 건물이 하나 더 있으니까요. 그런데 제임스는 애인이 있을까요? 내 주변에 영어를 잘하는 사람은 다 애인이 있지요. 제임스는 그중에 영어를 가장 잘하니까 애인이 있을 거예요. 아이들에게 둘러싸여 제임스가 나를 보네요. 제임스, 나도 영어를 배워볼까요?

카카의 기차역

내가 쉬는 날 사람들은 다 쉬어
하지만 사람들이 쉬는 날 나도 늘 쉬는 건 아니야

쉬는 날은 기차역에 나와
기차역에는 가방을 멘 사람들이 많아

기차에서 내린 사람들 기차에 타는 사람들
모두 어딘가로 가

나는 사람들을 봐
사람들이 목적지에 무사히 도착하기를 바라면서

내가 가고 싶은 곳은 멀어
가슴속에 있는 곳이 제일 먼 곳이라고 알고 있어

기찻길에는 벌레가 많아
그러나 철로에 붙어 죽는 벌레는 거의 없어

철로는 보석같이 빛나
철로가 빛나는 건 최선을 다해 햇빛을 튕겨내기 때문이야

내가 네팔에서 왔다고 하면 사람들이 웃어
네 팔은 두 개네, 하지

가끔은 팔이 네 개면 좋겠다고 생각해
그럼 두 배로 일을 할 수 있으니까

가끔 기차가 몇 분 늦나 재보기도 하는데
늦는 일이 거의 없어

지난주에 공장에서 가공한 빨간 가죽 같은 노을 속으로
달려가는 기차는
살아 있는 거대한 짐승 같아

첫째는 올해 학교에 들어갔고
둘째는 이제 막 뛰어다닌대

어제 전화하다가 아내가 울었어
얼른 전화를 끊었어

처음에는 하루에 백 번도 넘게 집에 가고 싶었어
멀리 와서가 아니라 멀리 왔다는 생각 때문이었을 거야

집에 가고 싶을 때마다
기차역에 나와

기차가 눈앞을 달릴 때는 아무 생각도 안 해 —

그는 그로 이루어진 게 아니었나

거울을 보면
그가 있다

선생님은 우울할 때 뭘 하세요?
내가 물었을 때 그는 치약을 짜며 말했다

피가 날 때까지 양치질을 하던 친구가 있었어

물이 끓고
밖에는 눈이 내렸다

선생님은 화가 날 때 무슨 생각 하세요?
내가 물었을 때 그의 입에는 흰 거품이 묻어 있었다

담배에 불을 붙이고 숨을 참는 친구가 있었어

녹차향이 퍼지고
눈송이가 작아지고 있었다

좋아하는 사람이 싫어지면 어떻게 하시는데요?

볼펜 한 다스를 사서 다 쓸 때까지 낙서를 하는 친구가 있
었어

그는 거울 속에서 칫솔을 씻으며 웃고 있었다

이상한 짓은 다양하지만
이상한 짓을 하는 이유는 대부분 숨을 쉬고 싶어서예요

거울을 보면
그가 있다

선생님은 이상해요

작고도 큰 나의 아이야

예쁘고도 미운 나의 아이야
네가 오면 나는
새들의 소리를 못 듣는단다
네 주먹만한 알록달록한 새는
창밖에서 소리를 찢어 나를 부르다가
솜털을 떨구고 날아갔을 거야
착하고도 못된 나의 아이야
네가 침대에 누워 이마를 찡그리며 떠들고
발을 흔들며 웃으면
종일 나를 따라다니던 일인용 폭풍이
깊은 잠에 빠진단다
넌 이걸 알 수 없을 거야
네게 초콜릿 껍질을 까주고 물티슈를 갖다주면서
나는 병이 낫는단다
게으르고도 부지런한 나의 아이야
네가 기차역으로 가고 나면
나는 잠시 어리둥절해져
이 집에 처음 이사온 날처럼
창가에 서 있단다
얼굴이 어는 것도 모르고
새도 바람도 너도 나도 아닌 어떤 것 앞에

명동

네가 떠오르면 나는 명동이야
작년에 떼어낸 충수돌기까지 환하게 불이 들어와

너와 나와 네 아들과

너와 네 아들과 네 트럭은 어디에 있을까
노래를 하며 장난을 치며 저수지를 돌다
너는 아들을 높이 들어올려주었겠지
네 아들은 나보다 작고 가벼우니
높이 올라 하늘에 쑥 들어갔다 나왔겠지

4월은 멀지만 오늘은 1월의 봄
이렇게 날이 좋고 한가하면
너도 네 아들 옆에서 많은 걸 생각하겠지
죽은 네 아내를 살려내 다시 죽었을지도 몰라
나는 죽은 네 아내에게 질투심을 느낀다
죽어서 더 질투심을 느낀다

책을 읽고 음악을 들으며 휴일을 보내는 나는
사실 책도 읽지 못하고 음악도 듣지 못한다
너를 생각하는 것 말고 제대로 하는 게 없다
네가 네 아들에게 돌아가는 주말마다
나는 몸을 많이 긁는다

네가 아무리 나를 사랑한다 해도
너의 노동으로는 네 아들과 나를 부양할 수 없다
내가 아무리 너를 사랑한다 해도
네 아들과 너를 네 아내처럼 사랑하지는 못한다

너와 나와 네 아들은

모든 것이 부족하고

사랑만이 넘치는 천국에 와 있는 것이다

빌라라는 세계

모르는 사람들 소리를 듣는다
일일이 뜻을 알 수 없는 웅얼거리는 소리
웃음소리

나에게서도 모르는 소리가 난다
갑작스레 뱃속에서 나는 높고 맑은 소리
깜짝 놀라 욕을 한다
욕도 또하나의 모르는 소리

배가 고픈 것 같다
정확하지 않다
요즘 들어 배고픔과 외로움의 차이가 불분명하다
외로움과 심심함의 차이도 그렇다

외로움이 외로움인지 몰라 외로움을 너무 오래 방치했나
보다
외로움이 사고치지 않도록 가끔 사람을 만나야 한다
외출할 때가 왔나보다

어디서 찌개 냄새가 난다
나를 일으켜 냉장고를 향해 걸어가게 하는 냄새
식욕을 잃은 지 오래
모르는 사람들이 없으면 나는 죽을지도 모른다

모르는 사람들이 좋다
나를 서운하게 하지 않는 사람들
나에게 고백하지 않는 사람들

나는 외로움의 힘 말고
모르는 사람들의 힘으로도 산다
노래를 잊고 지내다가
모르는 사람들의 노래를 따라 부르며 노래를 회복하기
도 한다

모르는 사람들은
생각지 못한 순간에 벽으로 창문으로 들이닥친다
각자의 취향대로 머물다 예고 없이 떠나간다

내가 아는 사람들은 어떻게 알고 내가 우울증을 앓을 때
연락을 뚝 끊는지 모르겠다
모르는 사람들은 그러지 않는다
이 건물에는 모르는 사람들이 산다

雪人

시 쓰는 사람이면 한 번쯤 그러듯
한때 나도 내가 천재인 줄 알았다

그때는 시가 무엇보다 중요해서
나는 나를 세상 끝으로 몰고 갔다

그곳에는 적막과 바람
구름 몇 조각
눈을 찌르는 나뭇가지와 보석처럼 빛나는 얼음덩이

어쩌면 시는 재능 있는 자들의 굶주린 비명인지도 몰라
소용돌이 속에서 찾은 노래인지도 몰라

쿵쿵, 전나무숲에서 소리가 들렸다
둔탁하고 무거운 그 소리는
신의 음성처럼 내 몸과 눈동자를 정지시켰다

외로운 자의 갈망이 깊고 크고 높으면
신이든 사탄이든 무엇이든 만나게 된다
그때부터는 그 존재가
해가 될지 득이 될지 중요하지 않다
극도의 두려움은 극도의 두려운 존재를 만나도록 이끈다

쿵쿵, 그의 소리가 매일 조금씩 다가왔다
나는 매일 조금씩 더 멀리까지 뛰어나가
그의 흔적을 찾았다
나는 그를 찾아 헤매는 자이면서 동시에
그에게 쫓기는 자였다

손가락 사이에서 바람이 생겨났다
그와 내가 맞닥뜨릴 날은 내일일지도 오늘일지도
잠시 후일지도 모르는 일이었다

시를 쓰다 잤다
시를 쓰다 깼다

시가 난로에서 타는 동안
오두막 주위를 빠르게 빠르게 걸었다
쿵쿵 쿵쿵, 그가 보이지 않을 만큼 가까이 와 있었다

4부

슬픔은 걱정보다 잔잔해서

나는 여기 없어

진짜 나는
바위 위에 있어
암소만한 흰 바위에 앉아
막대기로 개울물을 두드리고 있어

진짜 나는
가짜 나와 달라서
자라지 않아
심장을 돌멩이로 잘 눌러놔서
싸우지 않는다니까

아직 집에 불이 붙지 않아서
불쏘시개를 다른 곳에 숨겨야겠어
들키지 않는 곳
들켜도
진짜 나는 들키지 않는 곳

언제 무너질지 모르는 집은
빨리 무너져야 해
진짜 내가 부끄럽지 않게

가짜 나를 집으로 보내
밥을 먹이고

잠을 재우는 일이
점점 더 힘들어지고 있어

가짜 나는 착하고 순하지만
가짜도 가짜에 질려
가짜도 가짜가 필요해

진짜 나는
이제 바위 밑에 있어
새로 깎은 막대기로
물로 된 달을 찌르고 있어

초대하지 않은 애인

사과 알만한 별이
머리 위에서 빛나지만
그게 다야
내가 가진 건 뜯어먹고 싶을 만큼 탐스러운
밤하늘뿐이라고

벨을 누르지 마
상자 안에서 내가
난쟁이처럼 뛰어다녀야 하잖아
미쳤지, 내가
갑자기 왜 옷은 갈아입고
쓰레기는 왜 옷장 안에 숨겨?

당신은 몰랐으면 했어
벽에 걸린 조악한 풍경화와
컵 밖으로 기어나오는 미친 양파
쪼개진 불알로 가는 시계와
사계절 떡잎이 지지 않는 노란 장미

전화는 왜 자꾸 거는 거야
당신이 가고 나면
하나밖에 없는 문짝을
시멘트로 발라버리겠어

웃음이 비어져나오는 염병할 라디오를
도끼로 찍어버리겠어

세탁기는 왜 종을 치고
알람 버튼은 왜 자꾸 튀어오를까
물을 듬뿍 주어 계단에 내놓은 종이 화분을
믹서에 갈아버리고 싶다
왜 진작 당신과 헤어지지 않았을까

벽돌 속 인간

그는 벽돌 속에 삽니다
벽돌 속에
침대를 놓고
창문을 내고
화장실을 들이고

불빛은 밖에 있습니다
소리도 그렇고
냄새도 그렇고
향기도 그렇습니다
벌레들은 필요하지 않은데
벌레들에겐 그가 필요합니다

도란도란 말소리
이른 아침 새소리
어떤 때는 아무렇지도 않은 것들이
죽도록 거슬립니다
위층 노인의 호두알 주무르는 소리가
발작의 원인이 되기도 합니다
그러나 꿈속에는 신경질이 없습니다

벽돌 밖으로 나가면
세상

그의 것이 없고
너무 없어서
햇살 아래 서면
피부가 벗겨지는 듯합니다

그는 간청합니다
벽돌 속의 삶에 대해
조언하지 마십시오
이곳에서 살지 않는 사람이
이곳에서 사는 방법을 알려줄 수는 없습니다

강한 사람 싫습니다
약한 사람 싫습니다

금요일 밤의 정체

　내 것은 뜨끈한 액체가 지나가는 얼굴뿐. 두 다리가 멀쩡히 붙어 있는데 나는 내 다리의 주인이 아니다. 몸통과 손의 주인도 아니다. 내일이 토요일인데 첫 키스의 여운이 아직도 달달한데 사람들은 왜 가련한 표정으로 나를 내려다볼까. 전화기를 들고 나에 대해 누구한테 떠들어대는 걸까. 차를 빼야 하는데. 나를 살피는 저 우스꽝스러운 얼굴들에게 말해주고 싶다. 별일 아니니 신경들 끄시라고. 머리칼을 만져주는 밤바람이 그럴듯하다고.

　그녀다. 어서 전화를 받아야 한다. 일주일 내내 이 순간만을 기다려왔다. 이럴 줄 알았으면 하루쯤 결근을 하는 건데. 출장 따윈 개나 줘버리는 건데. 그런데 저 나무 이름이 뭐였더라? 원뿔 같은 저 나무. 이제 거의 다 왔나보다. 죽음의 발걸음이 심장 안으로 들어섰다. 정성스럽게 샤워를 하는 이유와 속옷에도 돈을 들이는 이유를 알 것 같다. 어떻게든 되겠지. 위내시경을 받는 거라 생각하자. 정신이 들었을 땐 모든 것이 끝나 있을 거다.

　멀리 불빛이 넘실대는 마을은 지독히도 평화롭다. 반대편 차선 자동차 불빛들이 끊임없이 내 몸을 찔러대고 내 정신과 몸의 연결선은 붙었다 떨어졌다를 반복한다. 이제 곧 금요일 밤의 정체가 끝날 거다. 시원하게 달릴 일만 남았는데…… 구급대원들이 차 문을 연다. 나를 빼내느라 안간

힘을 다한다. 나는 세상에서 가장 간절한 눈빛으로 그들에
게 부탁한다. 아저씨, 담배 하나만 피우고 가요. 방금 휴게
소에서 산 새 담배가 주머니에 그대로 있다니까요.

로키

그가 숲속을 걸어간다
그의 이름은 로키
무엇도 된 적 없고,
사실 로키는 로키도 된 적 없다
사람들이 로키 몰래 그렇게 부르는 것뿐이니까
구름보다 아무것도 아니어서
쓰르라미보다 아무것도 아니어서
로키는 아무것이나 되고 싶다
로키도 좋다
로키는 자신의 그림자가 무겁다
그림자는 로키보다 더 지쳐 있다
그러나 로키는 그림자를 업을 수 없다
침엽수들의 캄캄하고 젊은 그림자 숲 어디에도
로키를 기다리는 것은 없다
로키는 또다른 로키를 만날 뿐인데,
로키는 먼저 말을 거는 위인이 아니다
밤이면 잠이 오지 않아서
노루처럼 덤불 속에 웅크리고 앉아 있다
낮이면 밤에 잘 일이 걱정되어
끝없이 잠을 잔다·
영혼은 있다
지치지 않는 새처럼 빗장뼈 아래서 퍼덕이며
죽을 때까지 집을 나가지 않는다

이 세상 사람 모두를 어딘가 조금씩 닮은 생김새,
로키는 휴식을 취하면 불안하고
걸으면 어지럽다
손을 넣기도 죄스러운 푸른 호수에 돌을 던진 일이
오늘 로키가 한 일의 전부다

화정동

쥐구멍이 있는 방으로 퇴근을 하면, 그애가 침대에 누워서 나를 기다리고 있었다. 그애는 지난 설에 목을 매 죽었지만, 나는 매일 살아 있는 그애를 만났다. 이제 그만 좀 떠나. 나는 신을 믿었지만, 신은 성경책 속에만 사는 심술쟁이 영감 같았다. 예배 시간 말고는 어디에도 없는 것 같았다. 누군지도 모르는 신에게 기도하는 것보다, 아는 귀신에게 부탁하는 게 좋을 것 같았다. 자목련이 피었다고 동료들은 꽃처럼 환하게 웃으며 사진을 찍었다. 나는 충혈된 눈으로 밖을 내다보았다. 그때 동료들이 찍은 사진 속에 내가 있었는데, 나는 귀신 같았다. 오른쪽 귀퉁이 반만 나온 시커먼 창문 안에 심령사진처럼 찍혀 있었다. 눈을 감으면 묵직한 것이 가슴에 올라앉았다. 그럴 때 막사에는 나 혼자 있는 것 같았고, 추운 것도 같았고, 더운 것도 같았다. 간신히 잠이 들면 꿈속에서도 알았다. 깊이 잠들지 못했구나. 꿈속의 나는 얼룩덜룩한 어둠 속에서 달렸다. 그애가 자꾸 쫓아왔다. 내가 빨라지면 그애도 빨라졌다. 내가 더 빨라지면 그애도 더 빨라졌다. 점프를 해서 공중으로 날아오르면 그애도 날아올랐다. 예수님의 이름으로 명하노니, 귀신아, 물러가라! 꿈속에서 나는 신을 믿었고 신의 이름으로 귀신을 쫓았지만, 신은 꿈속에서도 나를 돕지 않았다. 도망칠 곳이 없다는 걸 깨달은 나는 절벽으로 달아났다. 절벽에서 뛰어내리면 드디어 아침이었다. 눈을 뜨면, 그애는 내 가슴에 엎드려 내가 눈을 뜨

102

기를 기다리고 있었다. 쥐구멍이 있는 방에서 출근 준비
를 했다.

귀뚜라미를 묵상하는 밤

귀뚜라미야, 난 너를 초대한 적 없단다. 그러니 병 속에 들어가는 걸 억울해하지 마. 나는 네가 조용하면 너를 잊고 네가 울면 아직 죽지 않았구나 생각하는 사람이란다. 물과 커피를 많이 마셔서 너처럼 자주 깬단다. 물을 아니? 커피를 아니? 물을 알면 살아 있는 거고, 커피를 알면 행복할 수 없단다. 귀뚜라미야, 너는 마지막까지 울음을 포기할 것 같지 않구나. 네가 울지 않으면 너를 가둬둔 게 생각나지 않을 텐데…… 밤은 어둡고 너는 보이지 않아. 밖에서 들리는 귀뚜라미 울음과 네 울음의 차이. 너는 가까이 있어. 가까이 있으면 다를 수밖에. 너는 힘없고 나는 힘없는 너를 질기다 여긴단다. 귀뚜라미야, 침대에 뛰어들거나 창문에서 떨어질 수 없으니 이제 너는 벌레가 아니란다. 재깍대는 시계와 같아진 거야. 약이 떨어지면 멈추는 거지. 이제 나도 나의 병 속으로 들어가려 해. 마지막으로 묻는다. 빗속으로 돌아갈래?

다리 밑의 눈

　밤이 되면 비둘기들은 비둘기를 떠난다. 자신의 그릇에 들어가 깃털 하나 움직이지 않는다. 비둘기들은 광야의 예수 같고 보리수 아래 부처 같다. 어떤 비둘기는 한 다리로 아침까지 서 있기도 한다. 지하철이 운행을 마치기도 전에 비둘기들은 이미 자신과도 소통이 없다. 나에게서도 비둘기 냄새가 난다. 나도 비둘기를 닮았다. 그러나 눈을 뜨고 안개를 털며 걸어가는 사람들을 내려다보는 걸 보면 나는 아직 조금은 사람. 이 세상이 반딧불처럼 깜빡거리고 저 세상이 이마 바로 위에 있어서 다른 존재가 된 것 같을 뿐. 죽음은 산 사람 누구도 겪어본 적 없으니 아무도 알 수 없는데도 어떤 사람들은 죽음에 대해 확신에 차서 이야기한다. 반면 살아난 적 없는 저세상 사람들은 삶에 대해 잘 아는데도 알은 척 말하지 않는다. 그래서 사람은 죽기 전에는 성자가 될 수 없다. 비둘기에 비둘기가 깃드는 새벽, 비둘기들이 소리내기 시작한다. 똥을 떨어뜨린다. 비둘기들은 알까. 자신들이 얼마나 많은 똥을 떨구는지. 좀더 높이 해가 떠오르면 비둘기들은 쓰레깃더미 속에서 밥을 찾아 먹고 좀더 질긴 비둘기가 되어 돌아올 것이다. 목덜미에 기름이 흐르는 게 느껴진다. 초록과 분홍이 어리는 깃털을 내 목에서도 찾을 수 있다. 전철이 온다. 아직 무엇이 될지 결정하지 않았는데, 나는 또 다리가 없다.

파란 빈백이 있는 집

오늘은 내가 꼭 벌레 같아서 카프카의 소설에 나오는 그 유명한 벌레 같아서 밥이 안 넘어간다. 벌레가 벌레인 줄 모르고 커다랗게 크면 안 되니까. 벌레인 줄 모르는 커다란 벌레가 나를 먹어치우면 안 되니까. 거울 앞으로 가서 고개를 들면 누가 가면을 쓰고 나를 보고 있다. 그는 웃는 것 같지만 우는 것도 같다. 그는 말하는 것 같지만 듣는 것도 같다. 그는 시를 쓰는 것 같지만 읽는 것도 같다. 나는 몇 사람으로 이루어진 사람일까. 나는 내가 어떤 사람인지 몰라서 나를 어떻게 대해야 할지 모르겠다. 3월이 가고 4월이 가고 5월이 가고 6월이다. 나 빼고 모든 사람이 다 대단해 보인다. 나는 여기서 이렇게 이상하게 멈추나보다. 밖에 나가 사람들에게 말을 걸면 사람들은 내 말을 못 알아들을 거다. 이사를 자주 했더니 무거운 물건들이 다 사라졌다. 남은 건 가볍고 버리기 좋은 것들. 오늘의 감정도 오늘의 벌레도 금방 버릴 수 있을 거다. 이 둥그렇고 푹신한 둥지에서 나를 몰고 다니는 놀이가 점점 재미있어지고 있다. 기차가 수국을 흔들고 간다. 오늘은 수국의 색과 하늘의 색이 같은 날. 이 집은 수국과 빈백의 색이 같은 집이다.

업혀 가는 아이

아버지가, 무서운 아버지가
사시사철 눈에서 잉걸불이 타는 아버지가
감자 구덩이에 나를 가뒀던 아버지가
나를 업고 간다
잠든 나를 업고 간다

아버지가, 무서운 아버지가
됫박을 던지던 아버지가
물동이를 걷어차던 아버지가
나를 업고 간다
잠든 나를 업고 간다

평화롭다 평화롭다 평화롭다
오늘 우리집에는
톱을 들고 목을 베러 달려오는 아버지가 없다
불붙은 부지깽이를 들고 뛰어다니는 아버지가 없다
평화롭다 평화롭다 평화롭다

달 없는 밤
죽은 줄만 알았던 캄캄한 바위 같은 이 세상이
산속의 호랑이 소리까지
다
나를 보호하도다

아버지 제사

　나의 아버지는 낫으로 팽이를 깎아주는 다정한 아버지는 아니었어요. 썰매를 만들어주지도 않았고요. 겨우내 아버지가 나에게 준 건 이른 아침의 담배 연기와 저녁나절의 비틀거리는 그림자였죠. 내가 아버지를 사랑했는지는 모르겠어요. 어쩌다 며칠 아버지가 집을 비우면 집이 춥게 느껴졌는데, 그게 사랑이라면 사랑이겠죠. 아버지가 나를 사랑했는지도 분명치 않아요. 아버지는 술에 취하지 않고는 내 이름을 부르지 않았으니까요. 그래도 가끔 이렇게 형제들과 아버지 이야기를 하며 웃어요. 아버지는 옛날얘기 속에 나오는 나무꾼이나 농부였는지도 몰라요. 정말 있었던 사람인지도 분명치 않아요.

이제 무엇으로 울어요?

아빠의 장례를 치르고 나서
동생은 축구 한 이야기를 시로 썼다

나는 구청에 가서 강연을 했는데
너무도 말이 잘 나왔다

언니는 벌개미취에 들어가
앨범 속 언니보다 귀여워졌다

장례에 오지 않은 엄마는
이십 년 만에 착한 신랑을 얻었다

슬픔은 걱정보다 잔잔해서
오랜만에 별을 보지 않고 잠들었다

찔레꽃

세상 어딘가에 머리통만한 장미꽃이 있다고 해도
죽기 전에는 이 꽃이 생각날 거야

해설

기적의 유일한 조건
임지훈(문학평론가)

어떤 고통은 언어화될 수 없다. 고통을 표현하는 언어가 제아무리 많다 하여도 모든 인간에겐 언어화 불가능한 고통이 있다. 조금만 더 정확하게 말을 가다듬어볼까. 모든 고통엔 언어화가 불가능한 지점이 있다고. 그래서 언어로 이루어진 우리의 위로는 자주, 번번이 실패한다고. 그것은 단지 고통받는 사람의 주변을 맴돌며 오히려 마음을 무겁게 만들 뿐이라고. 위로조차 받아들일 수 없는 자신의 초라함을 질리도록 깨닫게 만든다고. 그러니 모든 고통이 치명적인 것처럼, 모든 위로도 치명적이다.

어떤 대상을 언어화하려면 우리는 몇 단계 절차를 거쳐야만 한다. 1. 말하고자 하는 대상의 의미를 숙고하는 단계. 2. 확정한 의미를 특정 언어가 요구하는 규약에 따라 구조화하는 단계. 3. 구조화된 방식에 따라 알맞은 단어를 선별하고, 단어들의 관계를 조성하는 단계. 따라서 인간이 경험하는 고통을 언어화하는 일에는 필연적으로 몇 가지 난점이 있다. 존재가 경험하는 고통은 언어를 통해 숙고될 수 있는가라는 대상 자체와 언어에 대한 근원적인 문제에서부터, 그것을 언어적 구조로 이해하고 확정하는 것은 가능한가라는 문제, 그렇게 이해되고 확정된 대상은 정말 고통이라 할 수 있는가 하는 문제. 어쩌면 이러한 과정을 통해 언어화된 고통이란 애초의 고통과는 질적으로 다른 종류의 것인지도 모른다. 언어화된 고통이란 우리가 경험하고 감각한 것과는 이질적인 것, 혹은 언어의 차원으로 격하된 '평평해진' 고통에 불과할 따름인지도 모른다.

 우리가 이 시집을 읽으며 느꼈던 것 또한 마찬가지일까. 무수히 많은 삶의 고통이 언어화되어가는 과정 속에서 화자는 번민하고 괴로워한다. 고통은 그 자체로 인간을 괴롭게 만들지만, 그것을 말하기 위해 언어화하는 과정 역시 헤아릴 수 없는 고통을 수반한다. 그런 의미에서 어쩌면 이 시집에 실린 시편들이란 고통 그 자체가 아니라 고통의 흔적들이라 부르는 것이 보다 정확할지도 모르겠다. 언어화할 수 없는 대상을 언어화하기 위해 흘린 피와 눈물의 자국들. 그래서 시인은 말한다. "어쩌면 시는 재능 있는 자들의 굶주린 비명인지도"(「雪人」) 모른다고. 내면에 존재하는 고통을 언어를 매질 삼는 '시'의 형식으로 끄집어내는 일은 결코 완수될 수 없기에 시인은 거듭 고통 그 자체에 대해 숙고하며 그것을 이해하기 위해, 더불어 적확한 언어를 선별하기 위해 고통을 경험한다. 인간 내면의 고통을 대상으로 이루어지는, 완수될 수 없어 지속될 뿐인 과정으로서의 '詩作'. 그런 의미에서 이 시집은 고통의 언어화가 아닌, 언어화할 수 없는 고통을 위해 계속해서 흐르는 피와 눈물이다.

 그렇기에 이 시집의 고통은 단순히 하나의 감정적-육체적 지점을 가리키지 않는다. 그것은 인간의 내면에 뿌리깊게 박혀 그의 인격에 지대한 영향을 미치는 고통을 가리키는 동시에 그것을 언어화하는 것에 거듭 실패하는 데서 발생하는 고통을 가리킨다. 전자의 고통이 "나를 괴롭히는 건 칠할 벽이 아니라/ 칠한 벽이었다"는「결국 수정액도 페인 트 아니겠어?」의 고백처럼 트라우마적 지점으로부터 발원 하는 것이라면, 후자의 고통은 "결정하지 않았는데, 나는 또 다리가 없다"는「다리 밑의 눈」에서의 고백과 같이 언어적 존재의 필연적인 무능으로부터 발원한다. 그리고 이 말은, 이 시집의 화자가 호소하는 통증이란 곧 자신에 대한 해석 을 요구하는 증상적 성격을 지니고 있다는 뜻이기도 하다.

　　　낮인지 밤인지 모르겠어요
　　　밖에 네모난 해가 떴대도
　　　삼각형 꽃이 폈대도 믿겠어요
　　　달을 볼 수도 산책을 할 수도 없으니까요
　　　창가 아기가 또 울어요
　　　울음을 그치지 않아서
　　　할머니가 어쩔 줄 몰라요
　　　어떤 땐 다 나은 것처럼
　　　맑고 높은 옹알이를 해요
　　　그건 강력한 마법이라서
　　　병실을 금방 빛으로 채우죠
　　　발에 목에 바늘을 꽂고
　　　기지도 못하고 일어서지도 못하는 아기가 있다는 건
　　　신이 없다는 증거예요
　　　힘들 땐 신이 필요하지만

신이 필요한 사람은
극한까지는 가지 않은 사람
극한까지 간 사람은
신이 없다는 걸 알고 있어요
순한 아기는 천사 같고 요정 같아서 사랑받기 좋지만
여기선 먹성이 좋은 아기가 돼야 해요
그래야 열이 나도 수술을 해도 회복이 잘돼요
종일 동요가 들리는 여긴 어린이 병원
나는 스물다섯 살이지만 어린이 병원에 입원했어요
태어나자마자 병원에 다녀서
담당 의사가 소아청소년과 의사거든요
방금 조직검사를 했고 내일은 퇴원을 해요
배에 모래주머니를 올리고 있는데
진통제는 효과가 별로 없어요
엄마가 옆에 있지만 엄마는 조직검사를 한 적 없어서
내가 어떤 식으로 아픈지 몰라요
통증의 장르를 혼자 알고 있어서 조금 외로워요
하지만 퇴원을 하면 나는 더 행복할 거예요
퇴근해서 집에 누워 텔레비전을 보는 일과
내 고양이 폴리를 폴리야! 부르는 일이
얼마나 소중한지 알았거든요
내일부터 난 아무것도 모를래요
모르는 사람이 될래요

—「스물다섯 살이지만 어린이 병원에 입원했어요」 전문

　앞서 이야기한 것처럼, 특정한 대상을 언어화하는 일은 대상에 대해 숙고하는 단계로부터 그것을 언어가 요구하는 규약에 따라 언어화하는 단계를 거쳐 이에 합당한 단어를 선별함으로써 완수된다. 그러나 언어는 인간이 경험하는 세계에 합치되는 것이 아니라 늘 조금씩 엇갈려 서 있기에, 이 과정은 결코 완수될 수 없다. 완수될 수 없다는 것은, 모든 언어화가 항상 일정량의 잔여물을 남긴다는 의미이기도 하다. 그리고 그것은 한 존재가 세계를 이해해가는 과정과도 유사하다. 언어적 존재가 세계를 이해한다는 것은, 언어에 의해 구성된 사유 구조에 따라 세계를 구성적으로 받아들인다는 의미이기 때문이다. 그러나 세계는 언어라는 형식 속에 채 온전히 담길 수 없는 것이기에 화자의 언어는 무지를 토로한다. 즉, 화자가 토로하는 "모르겠어요"라는 고백, "믿겠어요"라는 간청은 정말로 대상에 대해 알지 못함을 이야기하는 것이 아니다. 그것은 자신이 가진 언어와 세계의 비례가 한 존재가 받아들일 수 없는 규모의 것임을 논증하는 말에 가깝다. 화자에게 세계란 도저히 인간의 방식으로는 이해할 수 없는 잔인한 규모의 대상이며 그것은 그 속에서 발생하는 현상들 또한 마찬가지이다. 이 불가해함을 화자는 "신이 없다는 증거"라 말하는데, 이는 세계를 창조하고 가꾸는 존재에 대한 부정이 아니라, 그러한 세계를 바

라보는 '인격화된' 존재는 없다는 의미로 들린다. 그렇기에
그는 "힘들 땐 신이 필요하지만/ 신이 필요한 사람은/ 극한
까지는 가지 않은 사람/ 극한까지 간 사람은/ 신이 없다는
걸 알고 있어요"라고 힘없이 중얼거린다.

이러한 화자의 발화는 자신이 경험하는 심정적 고통의 토
로라는 의미에서 화자의 심리 상태를 엿보게 해주는 동시에
이 세계의 기본 구조 내지는 섭리의 편린을 전달한다. 잔인
한, 그리고 무정한, 동시에 인간의 이해로는 가늠할 수 없는
스케일을 지닌 것이 바로 세계이다. 그에게 세계란 이해할
수 없기에 두려운 것인 동시에 이해할 수 없기에 아픈 것이
다. 세계를 알고자 하는 의지가 강할수록 그것을 끝내 다 파
악할 수 없다는 사실에 직면할 따름이기에 화자는 거듭 고
통을 경험한다. 그렇기에 화자는 "내일부터 난 아무것도 모
를래요/ 모르는 사람이 될래요"라고 말하며 앎에 대한 의
지를 포기하겠다 선언하지만, 그것은 결코 성공하지 못한
다. 화자에게 세계란 단지 존재가 살아가는 무대만이 아니
라, 자신을 제하고 남은 전체를 의미하기도 하기 때문이다.
그리고 여기에는 타자의 존재가 셀 수 없이 스며들어 있다.

너는 눈을 뜨자마자 저 방으로 갔다
좋은 생각이 났으니 말 시키지 말라고 했다
뭐하는지 보지 말라고 했다
커피도 가져오지 말라고 했다

그림자도 안 된다고 했다
잠깐 죽어달라고 했다

나는 일어났지만 눈을 뜨지 않았다
자그마한 내 두 귀는 그러나
너의 명령에 묶이지 않았다
움직이지 않으면서 계속해서 자라났다

아, 정확한 너
내 발과 입을 잘라버리고
너는 너의 세상으로 갔다
왜 너와 있으면 나는
나의 세상을 잃게 될까
너의 세상에 가지 못하면서 왜
너와 있을까

너도 나만큼 외로웠으면 좋겠다
죽도록 힘들었으면 좋겠다
네가 하는 일이 무엇이든
누굴 위한 것이든 무슨 의미가 있든
잘 되지 않았으면 좋겠다
저방에서는
다시는 일어서지 못했으면 좋겠다

네가 저 방에서 야호를 부르며 나온다
이상한 소리를 낸다
사랑한다며 침대로 다이빙한다
천 개나 되는 손을 이불 속으로 들이민다

하나하나,
잘라주어야겠다

　　　　　　　　　　　　—「저 방」 전문

　김개미의 시에서 타자는 고통을 호소하게 만드는 주된 요
인 가운데 하나이다. 이때 타자는 화자와 관계된 특정한 개
인의 모습으로서, '나'에게 치명적인 폭력 내지는 억압을 행
사하는 남성적 존재로 갈음되곤 한다. 남성적 진리에 따라
구조화된 사회적 현실 속에서 그 모습은 현실 그 자체의 세
밀한 소묘처럼 느껴지기도 하는데, 그런 점에서 이때 드러
나는 타자의 존재는 곧 자신을 제한 세계 일반에 대한 알레
고리로도 작동한다. 때문에 "왜 너와 있으면 나는/ 나의 세
상을 잃게 될까"라는 화자의 고백은 남성-여성의 인간관계
가 사회적 현실에 의해 굴절되어 발생시키는 통증을 의미하
면서, 동시에 '나'로서 존재할 수 없으며 사회적 현실에 따
르게 되는 규율 역시 의미하게 된다. 물론 화자는 "하나하
나,/ 잘라주어야겠다"라며 자신을 향한 규율화에 반감을 드

러낸다. 하지만 다른 여러 시편들에서 다시금 등장하고야
마는 타자의 모습과 그에 따른 고통의 호소는 이러한 반감
이 결코 행위로는 이어지지 못한 채 좌절되고야 만다는 것
을 쉽사리 눈치채게 만든다.

더불어 김개미의 시에서 타자는 앞의 시나 「들판의 트레
일러」를 비롯한 여러 편의 시에서 나타나듯, 욕망의 대상으
로서도 존재한다. 다만 그 욕망은 결코 성취되지 못하며, 그
와 같은 욕망을 느끼는 자신을 향한 모종의 혐오를 경험하
기도 한다는 점에서 이 관계는 보다 주의를 요한다. 어쩌면
화자가 이처럼 타자의 존재를 여러 시에 걸쳐 복합적으로
구성해내는 까닭은 특정한 인격적 개인으로서의 타자 자체
를 묘사하기 위함이 아니라, 그로부터 구성되는 자신의 고
통과 갈망을 묘사하기 위함이 아닐까. 예컨대 이 시편들이
집중하는 것은 '나'를 고통스럽게 만드는 타자의 존재가 아
니라, 그와 같은 타자와의 관계를 통해 구성적으로 생성되
는 '나'의 내면인 것이다.

　　나를 괴롭히는 건 칠할 벽이 아니라
　　칠한 벽이었다
　　여러 번 칠한 벽이 자꾸만
　　칠할 벽으로 바뀌었다
　　완성이란 타협의 다른 표현일 뿐
　　페인트의 세계에도 완성이란 없었다

―「결국 수정액도 페인트 아니겠어?」 부분

　그러한 관점에서라면 위의 시가 지시하는 "칠"의 의미가 보다 확고하게 드러난다. '나'는 나를 제외한 세계 일반으로서의 타자와의 관계를 통해 구성된다. 위의 시에서 '벽'이란 그러한 구성을 통해 형성되는 '나'의 내면으로서, 이것은 타자와의 관계 속에서 만들어지고 허물어진다. 그러한 구성은 한순간에 일어나는 작용이 아닌 거듭되고 지속되는 '과정'으로서의 작용이다. 때문에 '나'를 괴롭게 하는 것은 "칠할 벽", 그러니까 내가 앞으로 살아나가야 할 '생'의 시간이 아니라 그 과정 속에서 이루어진 "칠한 벽"인 것이며, 그 또한 끝난 것이 아니라 지속되는 것이기에 이것은 때때로 "칠할 벽"으로 뒤바뀌며 계속된다.

　화자가 무지하길 원하거나 "모래는 생각하지 않아도 되니까/ 모래는 선택하지 않아도 되니까"(「모래의 형식」)와 같이 토로하는 것, 혹은 "가요, 오늘의 나를 데려가요/ 달려가요 날아가요 달아나요"(「버드나무 그림자가 떨리는 손으로 미친듯이 연주를 시작하기 전에」)와 같은 토로를 거듭하는 이유가 바로 여기에 있다. 우리는 이와 같은 '지속'으로서의 작용의 손아귀에 사로잡혀 있으며, 우리가 살아 있는 한 이 과정은 한없이 '지속'될 것이기 때문이다. 그리고 이 지속 속에서 과거는 끊임없이 타자와의 관계를 통해 채색되며 '나'를 고통스럽게 할 근원으로 모습을 뒤바꾼다. 그리고 그 고통은 온전히 언어화될 수 없기에 "통증의 장르를 혼자 알고 있어서 조금 외로워요"라는 「스물다섯 살이지만 어린이 병원에 입원했어요」에서의 고백처럼, 부가적인 고통을 초래한다.

이러한 상황 속에서 화자가 "유령"이었다고 스스로에 대해 말하거나(「유령의 시」), "모르는 사람들이 좋다/ 나를 서운하게 하지 않는 사람들/ 나에게 고백하지 않는 사람들"(「빌라라는 세계」)이라 말하는 것은 어쩌면 당연한 일인지도 모르겠다. 그럼에도 타자는, 세계는, 거듭 나에게 찾아와 자신의 일들을 토로하고 자신의 방식을 강요한다. 앞서 말했듯 이때의 '타자'란 자신을 제외한 세계 일반을 이야기하는 것이기에, 그것은 끊을 수 없는 관계이며 지속될 수밖에 없는 것이므로, 이 고통 역시 계속 증식해가며 화자를 목 조르고 질식시키게 될 것이다. 그러니 화자는 토로할 수밖에. "죽은 것도 아니고/ 좀비도 아니지만/ 또 살아났으니"(「조용한 여름」)라고. 이 숨막히는 세계 속에서 여전히 자신이 살아 있다는 것이 얼마나 저주스러운 일인가를 뼈저리게 알고 있으니.

그러나 여기에는 깊은 아이러니가 하나 숨어 있다. 그것은 "외로운 자의 갈망이 깊고 크고 높으면/ 신이든 사탄이든 무엇이든 만나게 된다"(「雪人」)는 사실이다. 다만 여기에서 중요한 것은, 이때 화자가 만나게 되는 '어떤 것'이 인간의 세계에서 제해진 나머지의 영역이라는 사실이다. 그

것은 '아는 사람'이 아니라 '모르는 사람'이며, '산 사람'이
아니라 '죽은 사람'이며, 궁극적으로는 '인간'이 아닌 '비인
간 존재'이다.

　새벽이라 하기에는 너무 이른 새벽에 나는 고양이가 무
얼 하는지 안다. 고양이는 침대 모서리에 앞발을 모으고
나를 기다리고 있다. 오줌을 누고 들어와 등을 켜면 고양
이는 졸음에 눌린 눈을 끔뻑인다. 금방 다시 잠들 줄 알았
던 고양이는 소리 없이 침대에서 내려가 거실이나 부엌,
화장실의 어둠 속에 한참 웅크렸다 돌아온다. 스크래처에
발톱을 두어 번 긁고는 내 머리맡에 와 서너 번 하품을 한
다. 그러고는 차근차근 이불을 꼬집으며 다가와 내 얼굴
에 코를 대고 냄새를 맡는다. 가끔 고양이 수염이 내 볼에
닿기도 한다. 그런 다음 고양이는 창문에 햇살이 가득할
때까지 밤의 두번째 토막 속에서 잠을 잔다. 새벽이라 하
기에는 너무 이른 새벽에 나는 늘 깨어 있으므로 그때 고
양이가 무얼 하는지 안다.
—「3시의 고양이」 전문

　물론 그들은 그들의 세계 속에 놓여 있으며, 인간인 화자
는 인간의 세계에 있으므로 두 존재는 결코 자신의 언어를
상대방에게 전달하지 못한다. 종의 차이가 구성해내는 세계
사이의 간격은 결코 뛰어넘을 수 없는 것이기 때문이다. 다

만 두 세계는 간혹 겹쳐진다. 시간이나 공간을 통해서 겹쳐지는 것이 아니라, "깊고 크고 높"(「雪人」)은 고통이 그 둘의 세계 사이의 거리를 일순간이나마 좁히는 것이다. 그 속에서 두 존재는 서로 다른 자신의 언어로 존재하지만, 이해는 종의 격차를 손쉽게 뛰어넘어 '앎'을 구성해낸다.

하지만 이 '앎'은 결코 존재를 구원하는 한줄기 빛과 같은 것은 아니다. 이러한 '앎'은 결코 존재의 모든 시름과 고통을 일소해주지 못하며 세계 또한 그로 인해 변형되거나 결코 살 만한 것이 되어주지 않는다. 다만 그 시간은 그 시간인 채로, 우리의 시간을 잠시 채워줄 따름이다. 세계는 여전히 '나'에게 무정하고 잔인할 따름이며, 그것은 고양이로 상징되는 다른 존재의 세계 역시 마찬가지다. 다만 이러한 앎은 모든 세계-내-존재가 각기 다른 모습으로, 그러나 동일한 무정함에 상처 입은 존재라는 사실을 알 수 있게 해준다. 그렇기에 이러한 앎은 '나'에게 존재하는 문제를 해결해주지는 못하지만, 다만 그 순간에는 혼자가 아닐 수 있게 해주는 셈이다. 그러니 여전히 화자는 "무엇이 될지 결정하지 않았는데, 나는 또 다리가 없"(「다리 밑의 눈」)는 모습으로, "자꾸자꾸 늘어나는 이 시간을 다 무엇으로 바꿀까/ 자꾸자꾸 태어나는 유약한 나에게 무슨 일을 시킬까"(「간절기」) 고민하며 세계를 살아간다. 하지만 그러한 '앎'은 그럼에도 불구하고, 계속해서 세계를 살아갈 수 있도록 화자를 지탱하는 미약한 힘을 전해준다. 그 순간 '나'의 존재가 세계로부터 탈락하게 된다면, 그것은 곧 내가 아닌 그 존재를 혼자로 만들게 된다는 사실을 '앎'이 촉구하기 때문이다. 그렇기에 이 '앎'은 문제를 해결해주어서가 아니라, 이러한 촉구를 가능하게 만든다는 점으로 인해 중요해진다.

누군가에게는 이러한 이야기가 단지 착각과도 같은 것으로, 그로 인해 발생하는 착시와 정신승리에 불과한 헛헛한 이야기로 들릴지도 모르겠다. 중요한 것은 현실이라고, 현실에 맞춰 '완성'이 아닌 '타협'을 지향하라고 이야기할지도 모르겠고. 하지만 그것을 정말 살아 있는 것이라고 할 수 있을까? 타자의 요구에 순응하며 구조 내에서 허락된 자리에 타자가 부르는 이름으로 놓이는 것은 마치 죽기도 전에 자신의 묘비명 아래 몸을 누이는 일과 다름없지 않은가. 나의 의지와는 상관없이 타자에 의해 새겨진 묘비명 아래에 몸을 누이며, 타자에 대한 타협을 통해 후회 없는 삶을 살았노라고 말한다면, 그건 과연 누구의 목소리이며 누구의 의지일까. 우리가 세계와의 관계 속에서 고통을 경험하는 것은, 어쩌면 우리가 아직 우리를 위해 예비된 묘비명 아래 자신의 몸을 누이지 않은 까닭이 아닐까. 그 고통에 천착하는 일은 무의미하거나 자신을 파멸로 이끄는 길이 아니라, 생을 살아내기 위해 감내해야 하는 필연적인 대가인 것은 아닐까. 그렇다면 고통이란, 아니 오직 고통만이 우리가 살아 있음을 입증하는 진정한 생의 언어인 것은 아닐까.

그러니 다시 처음의 이야기로 되돌아가보자. 이 시집은

고통 그 자체에 대한 것이 아니라, 고통 속에서 흘린 피와
눈물의 흔적에 대한 이야기라고. 그것은 다만 '고통'에 대
해 말하기 위함이 아니라, 자신이 아프다는 것을 호소하는
지난한 과정일 따름인 것이 아니라, '생' 그 자체를 온전히
언어화하기 위한 하나의 방법론이었던 셈이다. 비록 그 과
정은 완수될 수 없는 것이기에 시인은 끝없이 피와 눈물을
흘리며 이 길을 계속해서 걸어가게 되겠지만, 역설적이게
도 그 피와 눈물의 길이 시인을 거듭 살아 있도록 만든다.
그렇다면 우리는 고통에 대해 조금은 다른 생각을 지녀야
만 하는 것이 아닐까. 고통, 그것은 나를 괴롭게 만들지만
결코 죽이지는 못하는 생의 동력이라고. "심장이 음악으로
반짝"(「라보카행 오토바이」)이는 순간은 오직 생의 동력이
다하지 않은 한에서만 찾아올 따름이라고. 그리고 그 길에
서 우리는 가끔 다른 세계와 겹쳐지기도 한다고. 그러한 겹
침은 오직 우리가 예비된 묘비명 아래 몸을 누이지 않은 한
에서만 일어날 수 있는 기적이라고. 그러니, 오직 나의 고
통, 오직 나의 갈망. 그것이 나를 살아 있게 만드는 것이라
고. 다만 그 생을 감당하기 위해 우리는 계속해서 굶주린
비명을 지르게 되겠지만, 그럼에도 우리는 살아가게 될 것
이라고. 살아 있음, 그것만이 모든 기적의 유일한 조건이
기 때문에.

김개미 2005년 『시와 반시』에 시를, 2010년 『창비어린이』에 동시를 발표하며 등단했다. 시집으로 『앵무새 재우기』 『자면서도 다 듣는 애인아』 『악마는 어디서 게으름을 피우는가』가 있다. 문학동네 동시문학상, 권태응문학상을 수상했다.

문학동네시인선 190

작은 신

ⓒ 김개미 2023

1판 1쇄 2023년 3월 31일
1판 2쇄 2023년 5월 2일

지은이 | 김개미
책임편집 | 김영수
편집 | 이재현 강윤정
디자인 | 수류산방(樹流山房) 본문 디자인 | 최미영
저작권 | 박지영 형소진 최은진 오서영
마케팅 | 정민호 김도윤 한민아 이민경 안남영 김수현 왕지경 황승현 김혜원
브랜딩 | 함유지 함근아 박민재 김희숙 고보미 정승민
제작 | 강신은 김동욱 임현식
제작처 | 영신사

펴낸곳 | (주)문학동네
펴낸이 | 김소영
출판등록 | 1993년 10월 22일 제2003-000045호
주소 | 10881 경기도 파주시 회동길 210
전자우편 | editor@munhak.com
대표전화 | 031) 955-8888 팩스 | 031) 955-8855
문의전화 | 031) 955-3576(마케팅), 031) 955-2679(편집)
문학동네카페 | http://cafe.naver.com/mhdn
인스타그램 | @munhakdongne 트위터 | @munhakdongne
북클럽문학동네 | http://bookclubmunhak.com

ISBN 978-89-546-9154-3 03810

www.munhak.com

문학동네